用意されていた食卓

写楽 恵
Kei Sharaku

文芸社

目次

冴子 5
白いテーブルクロス1 21
回想 35
約束 54
霊界 65
白いテーブルクロス2 76
怪奇現象 79
白いテーブルクロス3 105
感触 114

冴子

熊の手がそこにある。
朝、目が覚めるとそこにある。
毛が生えていない太短い指がある。
男でもないのに逞しい厚みのある手がある。
細い血管が気味悪く浮き出し、青いミミズが何匹も住み着いているかのような模様の手がそこに存在する。

力仕事を人生の肥やしにしてきた汗の匂いがする。

爪は表面の滑らかさと艶を失いガタガタと悲鳴を上げ、横幅を眺めてみても、それは骨太い険しい手である。

上品さに余裕がない。

男に纏れて背中に抱きつくだけの愛嬌がない。

五本は五本でも、指を寄せ集めれば台形の一つの平たい物体にしかすぎない。

つまり私は男なのだ。

熊の手を自分で想像するほど、色気からは見離された肉体を所有する、男だ。

朝起きるとまず無意識にその指を見る。

そして手の全体を見る。

諦めてそこで居直る。

大袈裟に人生の先を見据える。

そして落胆しながら、女としての意識に目覚める努力をする。

まずは化粧をする。

白粉を塗る。

赤い口紅を引く。

眉にラインを描く。

まるで男が自分の異様な実体を探り当てたかのように女への変身に挑戦し、道化師にでもなった気分で軽快に踊り、そして舌をペロリと出しておどけて笑う。


鏡の中の主は一体誰なのかを問う。

男なのか女なのか、奇妙な探りに悪戯な興味がよぎる。私の本物は何者なのか、いっそう不思議な想像に思いが走る。肉体の細胞の特産物、宇宙の化け物かと錯覚する。未熟な頭脳が探求の世界へと侵入する。

私の父親は一体何処からやって来て男としての役割を授かり、母親の子宮と結合し、何処の場所の時間に触れて私という子供を手にいれたのか。頭の天辺からつま先迄、所有した人間の肉体という宝を一体何処で調達して空気の流れに紛れて捕まえてきたのか。

そして謎めいた怪物、「魂」という大胆な獲物をどうして欲望のいとおしさだけで簡単に盗み取ることができたのか。勢いまかせの冒険心が我儘な頭を貪り、咽喉の渇きに「命」の存在を興奮して唸らせる。

仕掛けた犯人は父親の色情、肉の塊、そして仕掛けられて共謀したのは母親の卑しい子宮。蜘蛛の巣のように微妙に張り巡らせた誘惑のど真ん中、愛液の歓喜の証に一滴の力が滑り落ちた。

そして私がここに存在する。

「冴子」という名前で存在する。

人間の肉体を魂に守られて一人息をしている。

そして冷たい冬の季節に抱かれ、幸運にも今のこの瞬間に生きている。

しかしその冬の冷たい空気を、実は冴子は贅沢にも退屈して嫌っている。

何故なら寒い季節の性格が、暗く淋しくて意地悪だからである。

行き場所のない行方を追って風が怒り、肌の温もりを奪い去り、大胆な図々しさに余裕がなくなり、また暖《あたた》かい太陽に悪戯して人を無口にさせる、そんな重い表情が、貧しくて虚ろに映るからである。

そして優しい日差しが人々の興味を誘い、緑の香りが漂う時、「安心」の二文字を春の季節に託さなければならない冬の悔しさが嫉妬を生じ、薄い価値へと影を落としているからでもある。

しかし冬を語るには静寂の美。

それはちょうど雨上がりの湿った空気が土から上昇して空中に舞い、過去の悪夢を一掃して新しい時を迎える目覚めのように、憧れに似た期待を手土産にぶらさげた、心を癒す一瞬の魔法。その魔法は愛くるしい音色を雪に奏でているようでもある。

*

「おしくらまんじゅう　押されて泣くな、おしくらまんじゅう　押されて泣くな」

このリズムが今朝からずっと、吹き荒れる無情な風のおかげで冴子の頭を占領している。

風の強さが勢いまかせにヒュウヒュウと泣いている音が、頬を赤らめたあどけない子供の無邪気な遊びと重なって、記憶の中の懐かしい声を呼び起こしている。

すでに伸子との待ち合わせの時刻を十分は過ぎてしまっていた。

本来であるならば、こたつに足を放り出してあんパンなどを齧りながらずぼらにテレビで時間を費やすのが今日、一日の予定であった。

たとえ彼氏から食事を誘われても、気の許せる女友達から電話がかかってきても、寒がりやの冴子にとってはパジャマから服に着替えることも億劫である。そういう時の断り方は決まって、お腹の調子が悪い、と言って逃げるのである。一日二十四時間、外出せず人に会わず、一人でいることで満足できるのも冬を苦手とする冴子の密かな贅沢である。が、しかし伸子の存在だけはその我儘な計画をふいにさせる特別な意味があった。

京都駅のホームを降り、風に逆らった姿勢を守って約束の場所へと急ぐ。息が後ろに飛んでいく。こんな冷たい空気に後ろを振り向いて風のご機嫌を伺える人は、たいした度胸のある強者だ、と思った。淡い白い息が首のところで消滅するさまを横目で確認すると、その時一瞬、海中に潜った酸素ボンベの一泡が冴子の頭に浮かんで重なった。

「なあんや、実はそういうことなんか。一つの息が一つの泡で、吐いた息と吸う息とが一定のリズムになって、それが機械みたいに動いて。難しい理屈を下手にこじつけんでもいい、すべては単純な物の定義なんかもしれへん。生ぬるい体温をもった肉体が、定められた命という賞味期限で生きる。精神と魂と個性がなければ人間はロボットと変わらへん、ただの使い捨てカイロみたいなもんやなぁ」

と、独り言を呟くと、不意に本来の人間についての答えをかすかに覗けたという自己満足に頷いて、寒さへの不安などつまらない課題である、と片付け、足に弾みをつけた。

時間に遅れた者の罰としては必然的にせっかちな姿が要求される。仲子はきっと小刻みに足踏みをして同じ場所からずっと動かず、目的とする冴子の顔を探し求めているにちがいない。といっても、冴子も約束の時間を破るほど横着な性格ではなかったが、本来であるならば横に連れだって歩いているはずのもう一人の姿が今日は存在しないのである。遅れた原因はその友人である妙子との連絡ミスが招いた誤差である。

冴子が素早く足を走らせる。行く手を急ぐその背中に風が刺すように吹く。追いたてられた赤い耳たぶに風が寄る。踵の下で靴音が低く鳴る。その鈍い音の後ろ姿に冷たい空気の余韻が残る。スカートの裾から風の手が侵入してくる。両足が大きく開くと股の下を風が通る。そして内臓をぐるぐると駆け回って心臓に到達し、到達すると後はぐっと力いっぱい頭を持ち上げて、振り子のように左右上下に弄《もてあそ》ぶ。残ったのはただの骨、ずり落ちたのはただの皮。

やはり冬の季節は和みのない現実の脆さを、一個の物体としてしみじみと感じさせる薄情な厄介者だ、と巡る想像の中で冴子は思った。

*

伸子の姿がようやく視界に小さく映る。巨大ビルに一つの影が存在して、黒いコートがぼやけて浮かぶ。しかし、お気に入りの帽子がそこにはあった。伸子のトレードマークである。

いつも地味な色合いを好む服装の中で唯一のお洒落が今日も頭に載っかっている。細面の顔がその被り物のおかげで薄い引き締まった口元だけを強調する。

視線を合わせるのには帽子の鍔が、しかし邪魔である。目の位置が想像でしか探りだせない。離れた場所から手を振りながら駆け寄って声を出す。

「伸子さん、遅れてすみません」

冴子の声がようやく隠れたその目に届く。

「まあ、冴子さん、明けましておめでとうございます」

声は透き通って、息を弾ませて冴子の耳に触れる。

「明けましておめでとうございます。今年も宜しくお願いします」

丁寧な挨拶で言葉が始まる。

「あら、冴子さんお一人？　妙子さんはどうなさったの」

目を丸めて冴子に尋ねる。

「今朝からずっと電話をしているんですけど、どうしても連絡がとれないんですよ」

「あら、そうなの。今朝になって、急に私が予定を決めてしまったものだから……、それじゃ仕方がないわね」

仲子は落胆の気持ちをそれ以上には出さず、横に立つ冴子を気遣った。

「お二人に中華料理をご馳走させて頂くこと去年から約束していたでしょ。突然今日になってその時間がとれることになったのよ。由美子の子守りをしてくださる方から今朝連絡があって、急に見てくださるというものだから。私こそ寒い中を呼び出したりして御免なさいね」

仲子には常に自由な自分の時間があるわけではなかった。四十歳にして初めての出産を経験する度量をもっていたおかげで一歳になる女の子を授かっている、専業主婦の一人である。

「子供って正直ねぇ、ベビーシッターさんにでも好みがあるんだもの。まだ一歳だというのに好き嫌いの区別がはっきりしていて、気に入らない人だとすぐに泣いてしまうのよ。人見知りをする子でもないんだけど肌の感じ方が敏感なのかしらね。冴子さんに抱かれている時は大人しいのに、なかなか安心して任せられる人が見つからなくって困ってしまう。子供が懐いている人か嫌っている人かは泣き声の大きさで分かるものね」

冴子は妙子と二人して食事の誘いを受けていたが、忙しい育児の日常を以前から聞いていたため、約束が本当に実現されるとは思ってもいなかった。

「すみません、こっちこそ気を遣わせてしまって。こんな寒い日に由美子ちゃんを外に連れ出したら風邪をひかせてしまいますものね。わざわざベビーシッターさんまで呼ばせてしまって申し訳ありません」

冴子が頭を下げる。

「まあ、いいのよ。新年の挨拶もしたかったし、ゆっくり顔をみながら美味しい料理を頂いて、たまには私もご褒美を授かったつもりで独身気分に浸るのもいいんじゃない」

と、言って伸子はニッコリと微笑んだ。

考えてみれば実に伸子は不思議な人である。冴子が、付き合いが暫くなかったなと思い出した頃には、突然再婚をし、三十九歳で車の免許を取り、四十歳で初めて子供を産んでいた。それでもそれがごく当たり前のことでそれは人生の決まりごとと驚きもせず受け止めていた。

しかし、何よりも冴子より年下であるのにも拘わらず冴子自身が尊敬しているという現実自体が、いちばん不思議なのである。

夫に先立たれた後、その年には喫茶店を開店し、またあくる年には二軒目の喫茶店を開店し、そして三年目には代理墓参り業を開業し、その間にマンションをローンで購入した。その冴子のすべての岐路の時には必ず伸子の助言が不可欠であった。上手く当てはまる、といった具合である。

だからといって、冴子自身も決して平凡に慣れた生き方に安心するほど、大人しい女性ではなかった。俗に言う運の強い人、勝気な人、闘争心の激しい人と呼ばれるだけの努力と経験は自分では多少は積んでいるつもりであった。しかし、負けるのである。伸子には勝負を競い合うまでには及ばない、何か方向の違った念力を感じるのである。

社会において地位のある社長や大金持ちや大スターなどは、冴子にとっては関係のない、また比べる必要もない他人である。欲しいのは若くして亡くなった夫の分まで我武者羅に人間らしく生きるという執念と、今の生き方を肯定できる自分への自信だけだった。それは素直に喜べる価値が一体何処にあって、何に満足できるのかというエゴイスティックな強い主張だけである。

「伸子さん、今日は妙子さんがいなくって私一人ですからコーヒーだけでいいですよ」

冴子が気を遣って話を切り出す。

すると、伸子は黙って視線を合わせただけで寒さに震えた肩を両腕で抱きすくめ、その言葉が聞き取れない振りをして目的の場所へと冴子を促した。

白いテーブルクロス1

エレベーターに乗り込み、ボタンの「3」を押す。乗り込んだエレベーターには冴子たち以外に客は二人だけしか乗っていなかった。

「冴子さんが中華料理苦手なのは知っているけれど、松雄さんが食べたいと言ってらっしゃるの。もちろんこの私もだけどね。遠慮はなしよ」

いつもの伸子の勘が今日も冴える。

松雄とは、冴子の亡くなった夫の生前の名前である。

そして扉が開くと、もうそこが広い店の入り口になっていた。白いテーブルクロスが清潔に座る位置を示している。

「コースのランチを二つお願いします。それとビールを一本」

髪を後ろで一つに束ねた若いウエイトレスがお辞儀をして置いたばかりのメニューを徐《おもむろ》に下げる。赤ら顔のにきび面である。

しかし、それが新鮮に映るのは若い肌の艶のせいか、身長が低くて丸顔であったせいか、清楚な白い制服が似合っていることは間違いない。

「一月だもの、お正月気分でたまにはお昼からビールをよばれるのもいいんじゃない」

今日は何故か大きく伸子が華やいで見える。実はアルコールが飲めない人である。逆に冴子は好きな方で晩酌は独り身になっても欠かすことはなかった。

「伸子さん、アルコールは全く駄目じゃなかったんですか」

と、冴子が聞く。

「舐める程度だったら、私だってお付き合いで少しは飲めるわよ」

その返事を耳にして、またもや気を遣わせてしまった、と冴子は思った。いつもそうなのである。この人は先を行くのである。こちらが気配りをすると違う方向からもう一つ上の気配りをする。

そして、相手にそれが重荷にならないようにさらりとかわすと、それで納得してまた先を行く。神経が凡人であれば十あるところを、この人は十八の数は超えているし、またそれを当たり前のように片付けて人に与えた心への影響を計算しない。全く神様、仏様、それとも怪物、それとも宇宙人なのである。

勘の冴えに少しは自信があっても、この人の感性には頭が上がらないことは冴子も納得済みの結果である。

そして、ビールが運ばれてきた。

透明のグラスが白いテーブルクロスに浮かんで見える。まだ注がれていないグラスの一つであるのに、すでにそれはテーブルの上に馴染んでいる。清潔である、そして色がない。

これで手を伸ばして触れば指紋が付いて、口紅の赤に汚れ、そして体温の垢に汚れる。グラスはただの物体であるのに神経質にそう観察するのは、〝きっとこの雰囲気の鬱蒼とした静寂が原因だ〟と、冴子は思った。

耳にかすかに届くのはクラシックの優しい調べ。女性客がほとんどの席を占めて華々しい衣裳を披露している中、スーツ姿を得意とする余裕のありそうな中年女性が目立つ。

上品なひそひそ話がその静寂に許しを乞うて、ようやくそれぞれの食卓に色を染め始める。食欲の話やら色気の話題、金銭の話やら家族の話題、それぞれの会話が欲求の捌け口を求めて遠慮のない答えを出そうとしている。

冴子にはそれらの空気が黄色や緑色や青色の光に見えて、〝女という動物は何と単純で欲張りで、それでいて許される小悪魔、策略家だ〟と、ふと思った。

今頃、このご婦人達のご主人は上司に怒鳴られ、得意先に頭をペコペコさげ、生活費を稼いでいるかもしれないのに、これらの図々しい態度は何処からくるのか、いやそれとも自分が職業婦人だからなのか、どちらにしても冴子には関係はなかったが、食欲旺盛な口元がいやに下品に映って口紅の色だけが浮いて見えた。

しかし、何色にも染まる白いテーブルクロスに目を遣ると、自分もその一員でしかないことに気づかされるのである。愚痴か相談事、あるいは生き様の欲求の糸にひかれた、ただの我儘な女だ、と思うと、一体、私は何の価値で光が色を選んでくれるのかと想像した。

伸子はたぶん純白か透明、私は灰色か真っ黒。

全く正反対の人間が、今向かい合って座っている。他人同士が食事をしながら時間を共に過ごすこの現実は、やはりそれが縁というものなのかと自分なりの、この店での答えにようやく冴子はたどり着いた。

伸子が冴子のグラスにビールを注ぐ。冴子もそれを注いで返す。

「じゃあいただきましょうか、今年も健康で過ごせますように。では乾杯」

ようやく喉にビールの泡が届く。昼間のビールは酔いを早めて頬を赤らめさせる。

そして、前菜が運ばれスープが喉を温めると、一息をついてようやく会話が始まる。

「どう？　この店の味付けは、脂がしつこくなくて食べやすいでしょ」

「本当ですね。あっさりしていて量が適当で嫌味がないですね」

目の前に置かれた酢くらげの味に冴子の舌が頷く。

「少し痩せたんじゃない」

と、伸子が聞く。

「いいえ、洋服の色の加減でしょう。とても元気です」

二人だけの対面は半年ぶりである。

伸子と会う時には、いつも横に妙子の存在がある。またその三人の会話が間をあけることなく穏やかに流れるのは、妙子と冴子が伸子を譲り合うからである。

「妙子さんとは別の機会がきっと、あるんでしょ。今日はゆっくり、二人だけの時間を作りなさいということね」

伸子が静かに口を動かしながら言う。

「せっかく妙子さんも楽しみにしていたのに勿体のないことですわ。たぶん辞めた店に給料を貰いに行っていると思うんですよ。三日前に会った時、そう言ってましたから。もう一度だけその店に電話して来ます」

と、言って冴子は席を立った。店の電話番号は記憶していた。

「もしもし」

と、声を聞いた途端、冴子には声の主が分かった。

「お仕事中、誠に申し訳ありませんが、そちらに妙子さんいらっしゃっていませんか」

敢えて冴子は丁寧な聞き方をする。

「いいえ、お見えでないですけど……」

「そしたらいいです。どうもすみませんでした」

それだけ言って、慌てて受話器を置く。

話した相手はかつての親友であった藤木登美子である。

妙子の働いていた店は冴子が紹介した弁当屋で、そこの主人の登美子は松雄と、夫婦ともども仲の良かった十年来の友人である。

たぶん相手も今の声が冴子であることは疑ってはいないだろうし、不思議に思っているにちがいなかった。いつもであれば馴れ馴れしい言葉で気軽に冗談を交わしながら何分かは近況報告をし、杓子定規な挨拶は二人の間ではかつては交わされたことがなかった。

冴子も冴子で、店を四軒も抱えて忙しくしているはずの登美子が、まさか二階が住まいになっている小さな店で、今日の商売をしているとは思ってもいなかった。

しかし、二人とも互いに間違えることのない聞き慣れた声である。冴子は慌てて席に戻った。

「すみません、やっぱり妙子さん捕まえられませんでしたわ」

連絡を断念した結果を報告する。

「妙子さんの働いていらっしゃる店って藤木さんの所でしょ」

「はい、そうです。実は去年の末で妙子さん辞めてしまったんです」

「あら、そうだったの」

仲子はその事実を聞いてもあまり驚きはしなかった。

「藤木さんの件では大変お世話になりました。申し訳ありません」

冴子が箸を置いて謝る。

「何も冴子さんが謝ることはないわよ。困った人をお世話させていただいたんだもの、私は充分よ」

二人の前には蒸篭に入った大きなシュウマイが三つと、いつのまにか飾りのように並べられた北京ダックが皿に盛られて置かれていた。いずれも料理としては美しい色が出ていて、女性がこの店を好む理由がその量と上品な形で分かる。

仲子はそれらのご馳走を小さな口元に行儀良く順番に運んでいたが、注がれたビールの半分を飲んだだけで、それ以上にグラスには手をすすめなかった。

「これからは仲子さんには、人のことで迷惑をかけないようにしようと反省しています。何か分からないんですけど、悩み事の相談をすぐに、私が単純だから受けてしまうんですよね。また聞かせられると放っておけなくなって世話を焼いてしまう。受けたものの、凡人の私では解決できなくて、その人が良い方向に向かうようにと思って、またそれを仲子さんに相談する。それで結果はというと『小さな親切大きなお世話』という形で終わってしまって、仲が良かった関係が疎遠になる。そして仲子さんには時間を遣わせてアドバイスをしていただいたのにも拘らず、力を借りたままで、それが中途半端に終わってしまう。皆は何を勘違いするのか、仲子さんの助言を有難いと感謝しながら、強気になって目覚めたと言わんばかりに暴走する。もっと人の立場から考えるべきやのに、自分自身を運の上向いた人間と思い始めて、横着になってしまう。本当にすみません」

テーブルの上に両手を載せ、そして頭を下げる。

「正月早々から謝らなくてもいいのよ。第一、冴子さんが詫びることなんか何もないわよ。誰だって悩みの一つや二つ、人間として生かされている以上はあるんだから仕方がないことよ。冴子さん自身が気持ちの余裕がたくさんある人だから、皆が頼って寄って来るの。世の中に御奉仕と考えて人様の心の悲鳴を聞いてあげられたと思えばいいんじゃない」

と、伸子が軽く頷く。

「それでどうなの、藤木さんのお店は上手くいっているの?」

「はい、忙しいみたいです」

「そう、それは良かったわね。藤木さんは仏壇への合掌と氏神さんへのお参りはちゃんとなさっているのかしら」

その問いかけにはあっさりと冴子の首が横に振られる。

「そう、やっぱり目先の計算が先なのかしらねぇ。もちろん生活するのにはお金は必要だけど、誰に守っていただいて何処の土地で商売をさせてもらっているのか、その感謝の気持ちを分かっていないとこれから先が大変ねぇ。

人間は勝手に生まれてくるんじゃないんだもの。先祖さんがいらっしゃって父親と母親が健康でいてくれてやっと人間としての今の自分があるのだもの。

その敬う心でお礼の言えない人は、やはり淋しい生き方を何処からか引っ張ってきてしまう。譬え方は悪いんだけど、犬だって餌をもらえば、尾っぽを振って有難うを伝えるでしょ」

「ええ、確かにその通りです」

と、冴子が元気なく頷く。

「まあ、冴子さん、藤木さんご夫婦が頑張って今を生きていらっしゃるんだから、それはそれでいいんじゃない」

仲子はあっさりとその話題を片付けようとしている。

しかし、冴子には釈然として引き下がれない悔しさが残っていた。結果として仲子と冴子の心を裏切った形で藤木夫婦とは決別したからである。

回想

松雄が亡くなった後も商売を通じてお互いに行き来をし、悩み事や相談事、また松雄の生前の思い出を語り合いながら、懐かしい過去を共に微笑んで振り返ることが出来た、言わば兄弟、言い換えれば肉親以上に痛みが分かり合える、同じ波長の人間として、藤木夫婦には信頼を寄せていた冴子であった。

頻繁に行き来していたのが三ヶ月程途絶えていたのは、お互いに商売が忙しいためだと思っていた矢先、蒼白い顔をした恒夫が一人で冴子を訪ねてきた。

「おかちゃん（冴子の愛称）、ご無沙汰しています。恒夫です」

冴子の妻としての立場と女性である愛情の体質を除けば、きっと前世では松雄の妻は恒夫であり、恒夫の夫は松雄以外には考えられないと思うほど二人の仲は良かった。人当たりの良い気の優しい恒夫には、他人に敵をつくらない邪魔にならない素直な愛嬌があり、人間関係を穏やかにさせる和みを生まれながらにして備え持っていた。

男らしさや貫禄からは見離されていたが、気楽で淋しがり屋な人懐っこさには苦労を感じさせない人気者の軽快さがある。

しかし、そこには計画性がなく、男の逞しさと生活力に欠ける側面もあり、優柔不断と警戒される弱点も見逃すことはできなかった。

その性格とは逆に松雄には人を押しのけてでも自分が成功者になろうとする野心と、持って生まれた優れた器量を無駄にしないハングリー精神が生き様の根底にあった。闘争心の激しさは他人の顔色を窺う余裕もなく、やんちゃ坊主がそのまま大人になり、運の強さに胡坐《あぐら》をかいた我儘な性格。言うなれば両親を幼き頃に亡くした孤独な少年は、選ぶにも選ばざるにも拘らず自分を頼るしか居場所のない現実を見極め、それを糧にして生きる術を自然に蓄えていたのである。

恒夫がマイナスの静であれば、松雄はプラスの動である。二つの対照的な性格がピッタリと当て嵌まって、一つの友情の和音を奏でるのは自然の成り行きであった。

「突然やって来たのは、松やんの仏壇に手を合わせたかったんです。急に逢いたくなって、いてもたってもいられへん。話がしたくって仕方がない」

そう言い残すと仏間にさっと移動し、松雄の遺影に向かって半時間余り独り言を言って過ごした。

かつては現世の人間として仲良くし、話し相手になれた松雄も今では遠い世界の仏様である。

返事の得られない会話に、どこか安心して納得する答えが得られたと思うのは仏様への懐かしさと信頼感と哀愁、そして、何よりも未だに松雄が亡くなったことが信じられない思いの深さに、魂だけは通じ合いたいと哀願する心の為せる業であった。人間が勝手な想像で仏様の位置に近づき、五感を張り巡らせ、自分の素直さを認識する。つまりは自己満足の懺悔である。

冴子自身も、考えてみれば松雄が亡くなってからずっと、その懺悔のど真ん中で生き続けている哀れな脆い人間である。

朝目覚めると一番に仏壇のお水を換え、焚きたてのご飯を供え、お線香を焚き、鈴を鳴らしてお経を読む日課は、今となっては当然の勤め。自分が朝、顔を洗う動作と全く変わりのない行動である。

それは一種のノイローゼと判断される度合いに上下したとしても、まずは自分が仏様より前に一日の朝の水を喉に含むことはしなかった。

そして、その毎日の積み重ねがただの慰めであったとしても、それは仏様と話をするための準備であり、あの世の扉を叩くことが許される最低限の人間としての礼儀のように思えてならなかった。

恒夫が何やら悩み事を抱えているらしくブツブツと松雄に向かって自問自答している。

冴子はその姿を自分にだぶらせ、一瞬、人間臭い、また生温かい得体のしれない不思議な安堵の空気にその時包まれたのである。

それは死んだはずの松雄があの世からわざわざ降りてきて、愚痴や不安を聞き入れ、人間の苦しみを一気に払い除いてくれると信じる愛しさ、それのみの肯定である。魔力の空気は生死の肉体を超え、宇宙をも飛び超え、ちっぽけな孤独の自惚《うぬぼ》れた一つの感情などものともせず、現実に生かされている運命を人間として感謝できるよう導くのである。

仏間から戻ってきた恒夫は、取り憑かれていた疲労から心なしか解放されて、穏やかに見える。冴子と向き合って椅子に座った。

「これで少し気が落ち着いたわ。おかちゃん有難う。この間から体の具合が悪うて何回も救急車で運ばれてるんやけど、原因が分からへん。点滴したり、注射したり、検査もしてもらっているんやけど、一日一日体調が変わって、自分の体に自信が持てへん」

恒夫は首をかしげて戸惑いを見せる。細身の体が一段と青褪めて貧弱に映る。

大きく飛び出た目が睡眠不足に占領され、険しい顔つきを異様にしている。煙草を吸っても、吐く息が長くは続かない。

「仕事のしすぎとちがう。生気もなければ、根もない、疲れた目をして、私から見てもただ苦しそうやわ」

顔の表情に暗い影を察知する。

「夜中になると急に体が重たくなって、しんどくなって頭が冴えて寝られへん。朝になると元気なんやけど、本当にけったいな具合で参ってしまう」

恒夫の視線が下に落ちる。

「登美子さんも心配してるやろ」

申し訳なさそうに恒夫が何度も頷く。

「あいつも働いて疲れてんのに、嫌な顔ひとつ見せんと病院まで付いてきてくれる。本当に悪いなあと思うてるんや」

夫婦でも気弱な性格の優しい恒夫とは違って、登美子は気丈夫で勝気である。夫婦の形態は典型的なかかあ天下を選んでいたが、妻が夫を愛する行為には底知れずいじらしいものがあった。頼りのない温厚な夫に母性を感じて自分の責任を追及する妻の立場は、子供を育てる母親の愛情に似て執着があった。

一般的に他人同士が縁を結んで、いつのまにか夫婦になって男女の生活をする間柄と違って、藤木夫婦の在り方は何時でも目が離せない分身の存在である。恒夫は人の好さと自己管理の甘さから何度も借金を作ったが、登美子は怒りながらも自分の器量で返済をする。負けず嫌いで姉御肌の気風《きっぷ》の良さが、恒夫の不甲斐無さを皮肉にも必要としていた。

人前では仲の良い夫婦を演じていたが、冴子に対しては同じ強さの女を意識していたのか、心を許して登美子は夫の愚痴を零《こぼ》していた。

健気に我慢をして夫に尽くす受身の性が、古風な妻の潔い誇りとして二人の女の友情を育てていた。

「登美子さんが真面目に働く人やから恒夫さんが一生懸命ついて行こうとするのはいいけれど、少しは気を抜いて休まんと倒れてしまうわ。なんぼ忙しいいうても欲を出していたんでは切りがない。健康でなければお金儲けも意味がない。エレベーターで一気に屋上まで上がるのを止めて、ときにはエスカレーターで寄り道するのも良い。二階で洋服を選んだり、三階で家具を見て回るのも楽しい。心に余裕がないと自滅してしまう。死んだ松雄もきっと今頃、あの世で心配してると思うよ」

冴子の言葉は恒夫を気遣って提言したのではなく、登美子の忙しい時間を思い遣ってのことである。

確かに弁当屋に登美子が先に就職をし、その努力が報われて夫婦で独立し、内助の功で現在の店がある。夫婦して気を抜いていたのでは商売は成り立たないのは必定である。

「何しろ病気の原因が分からへんので困ってしまう。たぶん疲れからきてると思うんやけど、まるで鬱病が体中を走っているみたいでやり切れへん。ひょっとしたら松やんが一人で淋しがってあの世から俺を呼んでるんとちがうかと、そんなことを冗談やけど考えてしまうねん」

恒夫がはにかんで言う。

「そら、一番松雄と仲の良かった人が恒夫さんやったから、未練と愛着は充分に残っているやろうね」

「夜になると松やんの夢をよく見るんや。こっちが気にしてるからかもしれへんけど、大きな声でしゃべってニコニコ笑っている。だから、今日は松やんの仏壇にお参りさせてもらって、ゆっくり話がしたかった」

松雄が死んだ後もあの世とこの世で友情が続くと信じる恒夫の愛し方に、彼の小心であるがゆえの義理堅さを冴子は見てとり、感謝していた。

「訳の分からないことはこの世にはたくさんある。だけど、考えても仕方がないから追及せずにあっさり流した方がいい。松雄のことを思ってくれるの嬉しいけれど、死んだ結果は結果。思い出で触れるのはいいけれど、深入りは禁物。とにかく、そういう時は自分の家のお墓参りにでも行って、心新たにすることが一番良いと思うわ」

冴子が恒夫を諭す。

そして、一時間ばかり、二人は松雄の生前の姿を思い出しながら、懐かしい過去の話を振り返った。涙が溢れ出そうになったり、笑ったり、二人の脳裏には共通した松雄のやんちゃで嘘がつけない、いとおしい姿が浮かんだ。

しかし、恒夫の目は少しは安らいで打ち解けては見えたが、やはり落ち着きがない。浮いた感情がそれぞれ勝手に動いて、体と心の一致を求めていない。

お茶を飲んでも口の横から零したり、火を点けた煙草がくすんでいるのに、また新しい煙草に火を点ける。不安と戸惑いが交錯して、はしゃいでいる心に無理が目立つ。本当に鬱病なのか、それとも男の更年期障害なのか、いずれにしても久し振りに見る恒夫には安定しない影がある。

「もし病院に通って原因がはっきりしないんやったら安心できひんし、一度私がお世話になっている友達に会うてみる？」

冴子は突然、話題とかけ離れた人物の存在を口にした。

「私にとっては恩人に値する人なんやけど、良く人間を観察される方で、悩み事の解決の糸口を教えてくれる。普通の人の判断ではなくて違った方面から示唆してくれる。先を読み通す力というのか、それとも勘が人の十倍も繊細で鋭いというのか、とっても不思議な力がある人で、少なくとも私は尊敬して何事も任せているんやけど」

するると、恒夫は即座に反応して、「有難い」とその場で手を合わせた。男という生物は神秘的な占いだとか、抽象的な形のない事実を本能的に嫌う動物である。しかし、恒夫は素直に肯定をして、望みを託した。今の状況がいかに厳しく、心が惑わされているのか、恒夫の苦悩が察せられる。

そこで、伸子の存在がここに登場する。恒夫は苦し紛れに冴子の元へやって来たのだが、最初から伸子との出会いを求めて、必然的に引き寄せられてやって来たのかもしれない。

そして、恒夫が帰るとすぐに登美子から連絡があり、伸子と対面する依頼を冴子に託した。しかし、冴子が伸子に連絡を取ることは容易ではない。伸子は時間を持て余すほど気楽な一日があるわけでもなく、電車を乗り継いで訪問するには三時間もの時間が必要になってくる。

恒夫の切羽詰った様子に気軽に話を進めてみたものの、伸子の予定が気がかりであった。誠心誠意、人のために助言を与える伸子の厳しい判断が、果たして恒夫に通じるのか。それとも取るに足らぬことと拒否されて、伸子の神経を逆撫でするこことになりはしないかと冴子は懸念したが、死んだ後も松雄を慕う恒夫のいじらしさが冴子を恩義の情に駆り立たせ、電話を取らせた。しかし、届いた伸子の気さくな声で、その心配は一気に撥ね除けられた。

「相当、本人さんが参っていらっしゃるみたいね。話を聞いているだけでくらくらと目眩《めまい》がするわ」

伸子が恒夫という人間にほんの少しだけ触れて、電波で状態を察知する。

「困っていらっしゃる様子だから、一度お会いしてみましょ」

話し方のリズムで冴子は恒夫が一瞬救われたと思った。

そして四人の面談が実現した。縋る答えのない不安を抱え、必死に耐えている藤木夫婦を見て、伸子はまず仏間に松雄の姿を呼び寄せ、お経を読んだ。まるでその行為は松雄の位牌を通して、藤木家の先祖を呼び出し、あの世の声を聞き出すテレパシーによる会話のようである。そして、伸子があっさりと結果を報告する。

「恒夫さんのお母さまがとても心配なさっているわね。次から次へと登美子さんが仕事の話題を提供されるものだから、恒夫さんがついて行けなくて疲れてしまっている。夫婦は常にキャッチボールでしょ。ストライクばかり投げられたんでは息が詰まってしまう」

伸子が感じたままの率直な判断を下す。

「誤解しないでね。登美子さんを決して責めているわけではないのよ。母親として育てる意味で、心配して恒夫さんを奮闘させるのは良いのだけれど、優しさといたわりが少し欠けているのよ。時には余裕を持って可愛い女になって、ご主人を愛する妻の立場も必要なの。常に夫婦で働いていらっしゃるから目に付いて、息が詰まるのは仕方がないことだけれど、時にはボールを出してみたり、ファールを出したりして、打つ側の立場も考えてあげなくっちゃ」

登美子は伸子の指摘に、ただ黙って頷いている。しかし、伸子がお経を読みあげている途中で涙を浮かべたのは意外にも登美子であった。自分に厳しく、夫の頼りない分まで肩を張って努力してきた人生の疲れが、この時一気に噴出したようである。

そして、伸子が恒夫の母親の生前の姿や癖を、まるで知り合いだったかのように言葉を並べて暴露していくと、恒夫の目にもいつのまにか涙が溢れ出た。

「冴子さんを通してお話ができたのは、よほど先祖様が心配なさる深くて大きな願いがあるのね。夫婦は所詮、他人同士だけど、何かの縁があって一緒になったんだもの、譲り合って尊敬し合ってお互いに大事に生かしていかなくっちゃ。青い色が好きな恒夫さんがいれば、赤い色が好きな登美子さんがいる。人はそれぞれに好みも違えば、性格も器量も違う。奇麗事では済まされないのだけど、なるべく同じ歩調で仲良く助け合って生きていかなくちゃ。

恒夫さんの前世はお坊さんだったから、温和で人当たりの良い、他人に対して施しができる人。登美子さんは勤勉家で仕事に野心を持った男星。夫婦が逆転して男と女をしているようだけど、恒夫さんが夫でなければ登美子さんも努力していないだろうし、恒夫さんも登美子さんが妻でなければお尻を叩かれながらも家族を支える役目ができないだろうし、結局は五分と五分でしょ。

だけど、女の立場としては、昔から内助の功という言葉があるように、ご主人を立てながら愛することを登美子さんは少し忘れてしまっていたようね。まぁ、いずれにしてもこうしてお会いできたんだからこれからは方向が変わるでしょ。改めてお互いに夫婦の縁の深さを大切に考えるという課題を、お母さんが恒夫さんの病気で気づかせてくれたんだもの、それはそれで有難いことじゃない。これで恒夫さんの原因不明の病気もきっと治るわ」

仲子はゆっくりと宥めすかしながら、二人の大人に言い聞かせた。夫の恒夫も妻の登美子も、聞き入る姿は実に表情が柔らかで素直であった。初対面の仲子に対しては初めから兜を脱いだ低姿勢が見られた。先祖のお使いとして接して崇める力が一体何処から来て、どの時点から二人を誘導したのか空気の流れは定かではなかったが、冴子という人間が入る隙は全くなかった。

そして、仲子に丁寧に感謝して姿を見送った後、藤木夫婦には安堵の笑顔が贈り物として残された。昼間に仕事の時間を忘れ、ゆったりと自分達のために二人して過ごせたのは久し振りのようである。真面目に他人に負けまいと片意地を張っていた生活の緊張感が、仲子の存在により心地好い衝撃を受けている。

登美子の吊り上がった目は、反論するどころか本来持ち合わせていた輝きに満ち、恒夫は登美子に苦労をかけた過去のだらしなさを反省しているように見える。世間に対して精一杯に抱えていた二人の重荷の紐が解かれて、荷物は背中から落ちていったようだ。

自然に流れた涙の意味をお互いに深く感銘しながら、夫婦としての存在感に改めて到達している。

三人は松雄の思い出を交えながら語り合い、笑い、「この世は人間が図々しく横着に計るものではない、すべてはなるようになるのだ」と、大らかに時の結論を出して祝杯をあげた。

それから以後は伸子を囲んで話す機会が何度か与えられ、安心の中で時は静かに過ぎて行った。恒夫も不思議と病気から解放されて健康を取り戻し、商売も順調に運んで行った。喜びが喜びの運を連れてきて、時間を有意義に遣う意味を知り、ようやく感謝で育む生活の基礎ができ上がった時、しかし藤木夫婦は淋しくも勘違いをしてしまったのである。

約束

藤木夫婦は運の強さを自分達の実力と自惚れ、余裕のない浅はかな手段として再び時間を遣い始めたのである。

その事実は子供の一件が引き金となり、暴かれていった。藤木夫妻の娘・里美の病弱な体質が原因となった。

伸子は生まれ持って体が虚弱な里美に異様な反応を示して、健康を気遣った。

里美は父親の恒夫に似ていて、顔の造りがはっきりとした整った美人顔を強調していたが、華奢な骨組みに薄く肉が付いた体型は長身な体を貧弱に映していた。特別に愛想が良いわけではなく、礼儀としての挨拶や振る舞い方は物静かな性格を陰気な影で縁取っていた。

冴子と伸子が家を訪ねた時も、いつも遠慮深くしていて、会話の中に入ってこようとはしなかった。成人している里美ももちろん働き手として、家業の弁当屋の手伝いをしている。伸子はいつも存在感のないその姿を見かけると、どうしても気になるのか、声をかける。

「里美さんも努力して、氏神さんに毎朝お参りに行かせてもらって頂戴ね」

しかし、そんな忠告や心配を無視してニンマリと笑うだけで、反応は鈍かった。

氏神さんというのは、その土地を鎮めて守る神様のことである。その神様の社に足を運び、住まわせて頂いているお札と、自分の生きている確かな住所と名前を報告するのが、伸子の言うお参りの意味である。土地神様にそうして感謝して祈ることは、自分自身を守る基本的な使命であると教えている。

伸子はその行為以外に、里美に対して押し付けて課題を与えたわけではなかった。たとえばお経を読む日課を無理に強要したり、改めて宗教を意識させるような定まった仕事をわざわざ指図する困難なことはしなかった。もちろん、それは冴子に対しても同じである。お経を読む前向きな姿勢がお勤めとしていいのは決まっていたが、強制して束縛することはしなかった。逆に真心のない形だけの神様への接し方は有難迷惑とされ、また屈辱であると淡々と厳しく語るのが常である。人間の素直な気持ちと心が一番大切であり、底浅い人間の小細工はこの件に関してはご法度である。

藤木夫妻はそんな伸子の教えに従って、忙しい合間にも氏神様へのお参りに毎日、精を出し始めた。

しかし、考えてみれば実に簡単なことである。自分の家から徒歩で行ける距離にお社は存在している。足を運び、十円か百円のお賽銭を入れ、健康と日々の生活を感謝する。縁があってその土地に住んでいる実態を報告し、自分の生命を確立する。

人間は空気の中で息をしている動物であっても、物や形の中で生活をしているわけではない。土地の上に家と家族があり、土地の上に睡眠があり、土地の上に目覚める命が養われている。それを大袈裟に宗教を引っ張り出して、人間が言い訳がましく議論するのはずるい逃避である。

ごく当たり前のことが当たり前ではなく、ごく自然のことが自然ではない。

もちろん冴子は毎日氏神様に足を運んでいたが、それは自慢して他人に話すことではなく、むしろ一定の自己管理を示唆する自分に対しての礼儀である。伸子は常に言う。

「人間は完璧な生き物じゃない。だから、こうしなくっちゃ、ああしなくっちゃと思っていても邪魔臭くなって怠けてしまう時もある。だけど、その時はその時でいい。何も無理をしてまで自分を雁字搦《がんじがら》めにしなくっても、それはそれでいいのよ。だけど、気になってまた努力をするでしょ。その繰り返しが人間らしいといえば人間らしいんだけど、どの神様もいやいやお参りされるよりかは気持ち良く足を運んでくれる方が嬉しいに決まっているじゃない」

その柔軟な発想はまた納得できる自然の答えである。

神様にも人間に近い感情があり、お天道様はお見通しといわんばかりに氏神様の存在を身近にしている。

そんな会話が繰り返され、親交も深まった頃、とうとう里美と伸子が冴子の家で話をする日が決まった。

若い女の子にとっては押し付けがましく余計なお節介と思われる懸念はあったが、伸子はそんな感情は後回しにして、自分が察知する不安を使命として里美と会うことに臨んだ。それだけ、本人を見るだけで、未来の厳しい状況が手に取るように分かっていたのかもしれない。

しかし、残念にもその約束は果たされなかった。里美は約束の日に訪ねて来なかったのである。確かに、それまでにも伸子の方に急用ができ、京都に出向くことが出来なかったことは何回かあったが、それは仕方がないと諦められる、許される理由を持っていた。単に待ちぼうけとして、怒るより先に忙しい伸子の日常の中に存在する彼女の奉仕の精神に対して恐縮した。

冴子は登美子からの前日の電話で、里美が訪問を了解したことを知らされており、また伸子からも連絡があり、伸子の気遣いで、お店の〝お持ち帰りのお弁当〃を里美に持たせてくるようにと、注文を多数受けていた。

しかし、伸子が現れる前に冴子がお店に電話を入れると、里美はまだ店にいた。約束のことを言うと、里美には訪れる意志がなく、一方的に煙たがられ、冷たくあしらわれたのである。

昨夜の登美子との電話でのやり取りは一体何処へ行ったのか、伸子が気遣って注文したお弁当はどうするのか、冴子はいい加減な扱いをする藤木夫妻の態度に、その時、無性に腹が立った。伸子が里美と会って、果たして伸子が何か得をするのか。無駄であったとしても、貴重な時間を遣ってまで若い一人の女の子を救いたいと願う無心な心を、簡単に「ごめんなさい」と謝っただけで終わらせるのか。恒夫が病気で困っていた時に気持ちを陽気に変えてくれ、今の健康を保てたのは誰のお蔭か。

それが伸子の力ではなく、偶然な時の結果だとしても、恒夫を理解し、苦しさをあたため諭し、宥めて持ち上げたのは一体誰だったのか。冴子が友人である妙子に藤木の店で働くことを勧めたのも信頼したからである。

妙子の話によると活気が出てきて景気が良くなり店が回り出すと、氏神さんを邪魔臭がって欲の方向に一方的に走り出しているという。しかし、その情報は噂ではなく、真実であった。藤木夫妻は商売が軌道に乗り、出店が増え運気が上昇してきた原因を忘れ、強さに自惚れていた。百歩譲って、里美の若さと大人しい性格に免じて穏便に片付けても、先祖を振り返り、人間として新たなる深い人生の生き様を与えられたのは一体誰のお蔭であったのか。

冴子がそれぐらい大したことではないと笑って通り過ぎようと試みても、憤りがこだわりとなって頭から離れようとはしない。景気が良くなり、健康を取り戻せたら、後はもう厄介払いと言って、人を足蹴にする。自分達だけの器量だけで這い上がったと自惚れるには、あまりにもお粗末でふざけている。

冴子の怒りは残念という思いを蹴散らして、情けなさと馬鹿らしさで、その時体が硬直した。

今頃、伸子はお金を遣い京都に向かっている。里美のために電車に乗っている。そう思うと単なる約束事を破ったというありきたりな出来事ではなく、立派な裏切りである。如何なる事情があったとしても、簡単に見過ごせる類の失態ではない。

冴子がそんな思いにかられていると、伸子が息を切らせて冴子の元へやって来た。しかし、目的の里美の姿は何処にもない。どの時間にも、どの空気にも探す目当ての匂いはなかった。冴子はひたすら謝った。

しかし、伸子は結果を聞かされても、ただ頷くだけだった。

「私とは縁がなかったということね、残念ね」

そう言って、逆に自分の不甲斐なさを責めているようである。伸子にとっては初めての経験であったかもしれなかった。たぶん冴子以外にも、他に多数の人間のお世話をしているはずである。そうして他人のために役に立つことが伸子にとっては、自分自身の徳を積む修業の人生であるのかもしれない。

伸子は慌てることもなく、里美をけなすこともなく、また藤木夫妻を中傷することもなく、そんな中でも話題を冴子に切り換えて平静を装った。

やはり後ろ姿にも前向きな精神力のある立派な人である。他人を許して認める器量の奥深さが、人間として訓練を積んだ貫禄のお蔭で静かな祈りを感じさせる。

そして、その晩にはきっと登美子からお詫びの連絡が届くだろうと冴子は密かに期待していたが、残念にも声は聞けなかった。そして、自分自身も裏切られた思いをわざわざ登美子に打ち明けることはしなかった。

すべては無駄である。友達として自分の心を踏みにじられたことは諦めもつき、我慢はできても、仲子の誠意だけの奉仕の心の痛みを思うと、電話で簡単に解決する気分にはなれなかった。

　ましてや松雄を交えて信頼を預けた唯一の友人である。あっさりと信頼関係を捨てられた悔しさは、自分にとっても全くの恥である。結局は冴子の脳裏と心から藤木という名前を抹殺することで、解決するしか手はなかった。

　そして、時間は味気のない関係を藤木夫妻に残したまま、疎遠という方向に流れていった。

霊界

冴子はそれからも自分の姿勢を崩さず毎日、氏神様へのお参りと仏壇でのお経を欠かすことはなかった。

松雄の遺影に向かって厳かに手を合わせる。その行為で冴子は亡くなった人の魂を偲び、淋しさからのがれることに満足しなければならないのである。しかし、そこで恒夫達とは異なった冴子の神経質な感性は、霊界の謎たる闇の世界に幻想を描いていく。幽霊の存在を確保して、現実の形へと変えていく。一人の人間を雑居ビルに仕立てて妄想の扉を開けていく。つま先から踝《くるぶし》までが一階、踝からお尻までが二階、お尻からおっぱいまでが三階、おっぱいから首までが四階、首から顔面までが五階、顔面から髪の毛の先までが六階。

そして、それを同時に人間の段階で区切り、一階は「生」、二階は「青春」、三階は「恋愛」、四階は「人生」、五階は「運命」、最上階の六階を死界のゾーンと名づけて仕切る。

そして、六階の出入りを許可され、松雄の霊界の物語を辿っていく……。

霊は無色透明のヴェールを纏い、天空の時空を超え、この世の舞台への呼び出しに悲痛な力で空気をなぶり、声なき姿で化身してやって来る。

天国と地獄の番人に見つからぬように神経を注ぎ、風になったり雨になったり、蝶になったり匂いになったり、こっそりと脱《ぬ》け出してやって来る。存在の意志を秘密の通路を走って、残してきた哀愁の人間界に逢いに来る。

人間の寿命を終えた一つの魂は迷い路の四十九日を過ぎると、次の人間に生まれ出て来るため、修行の霊界の授業を受け、前世の記憶を忘れて、消却できる宇宙の法則の絶対支配を達成するまで長い時代の順番を待つ。

そして、「人間とは一体何ぞや」と、もがき苦しむ実体に耐えうる寿命をもつ新しい人間素材を選び出す空間に追い遣られ、許可の判定が下りるのをひたすら待つ。そして、仮の宿にようやく新しい魂を蓄える。

そこでやっとほどほどの愛情物語を用意され、「家族」という付録の試練を背負わされ、またこの世に「生」の使者として放り出されるのである。

決定されて終わった命に未練を抱いて、たとえ愛した妻が思慕の思いで呼んだとしても、そこには超えてはならない許されぬ霊界の厳粛な掟がある。

しかし、そこで松雄は懐かしい声に振り返り、念願の思いにふと立ち止まって、この世に忍び込んで来る。

死界の門番に飴玉を舐めさせ、隠し持っていたお金を握らせ、そして天真爛漫なあどけなさで空と友達となって妻の元へとやって来る。

いずれにしてもこの世への訪問には無限のエネルギーが不可欠である。

しかし、人間は淋しい心の都合で過去の死人を身勝手に呼びつけ、呼び出したものの幽霊の正体を目の当たりにすれば恐怖に慄き、またその反面、冴子のように思い出の懐かしさに触れる愛し方で優しい自己満足の慰めを演出する。

やはり人間は身勝手な業を持て余す、哀れな卑怯者である。小心者の我儘なサディストである。

そして、その人間の未練がましい邪悪な駆け引きに、実は宇宙の空間は迷惑をして腹を立てているかもしれない。いや、きっと、それはそうに違いない。

図々しい思い込みで空中高くから感情のずるい蛆《うじ》を湧かせる無神経な卑しさ

を批難し、人間のテレパシーが闇の獲物に食われて冷たく固まるのを、実は悲しい懺悔として楽しんで待っているのだ。

何故なら死界のゾーンは二十四時間に区切られた生の幼い感情によって振回される心の捨て場所ではなく、天地創造の瞬間から命令を受け、運命を支配する道義の信念を授かった大王の崇高な別天地の世界だからだ。

さもしい人間が死界に哀れを乞うて、亡き夫との恋物語をいくら披露しても、それは後の祭と一笑されて、人間の我儘な感情の無駄遣いと、時間の流れに後始末を一任されるのが落ちである。

人間の悲しさに陶酔した涙に同情して頷くほど、優しい世界ではないのだ。

しかし、その霊界の入り口できっと松雄は思案し、蘇る欲望に汗をかき、妻への愛慕に引き寄せられて、それでもあの世から遥々やって来る。幽霊の仮の姿でやって来る。そう信じる念力が怪しい妄想の世界を駆け巡り、冴子の夢の中に時々侵入してくる。バレたら元の木阿弥、「はい、それまで」と覚悟を決めてやって来る。女の乳房に母の影を慕い、もう一度安心する幸福をこの手で貪り尽くしたい執念で、重い扉を飛び越えてやって来る。生きてきた己の誇りを信じて「糞食らえ」と叫んで、軽快に降りてくる。

ずしりずしりと闇の中から降りてくる。

ずんずんと歩いてくる。

しずしずと歩いてくる。

しんしんと滑ってくる。

ふらりふらりとゆっくり滑ってくる。

しかし、やはりあの世の門番に見つかって両足が次第に溶けてなくなっていく。松雄の歩く動作をするための道具がなくなっていく。

咽喉が唸り、唾液が器官に沈没する。へその緒がよじれて外にはみ出る。赤い血が上昇する。それがどろどろととぐろを巻いて首を締める。目が飛び出て壁を攀じ登る。息が凍えて、体臭が途絶える。肺が膨張して心臓を捕らえる。そして、とうとう松雄の背中に死神の腕が乗っかり、頭をコンコンと棒で突つかれる。

しかし、抵抗する拳をつくった手がそこにはもう存在しない。

そして、肉体が空中ブランコになる。内臓の塊がヨーヨーの糸になる。松雄は霊気の中をさまよって人間界の入り口を必死で探し出す。追突しては戻り、突進しては逆戻り、死神の時間の掟がそこで邪魔をする。生血のこの空間は「出入り禁止」と殴られ、蹴られる。

冴子の点したローソクの灯りが慕情の芯に悶えて、無念が爆発する。

そして、冷たい顔面に涙の一滴が哀れに許可され、松雄の魂に最後に落ちる。

結果は引き摺り戻される。時の終わりの残酷さを思い知らされる。己の可能性を皆無と決定させられる。動物の期待を諦めさせられ、感情のあたたかい興奮をもぎ取られる。

そして、すでに己は前世に果てているのだと遂に降参させられ、一個の子ではなく素である浮かんだ点と悟らされる。仕方なく死神にとぼとぼと付いて行く。後ろを振り向けば地獄行きと、目が指図を鋭く促せる。平気な顔をする。諦めて涼しい顔をする。どうにでもなれと、手を合わせて遂にそこで松雄は開き直る。

死神はその一つの魂に負けん気の強い、それでいて淋しく人間らしい無念の業を見て、笑ってただ見定める。

しかしまだまだである。まだ松雄は人間の位置に生きていたいのである。四十四年間の短い一生では悔しすぎるのである。途中である。

自分の人生が乏しすぎて死んだ両親の魂に顔向けができず、「お前を何のために人間として生んだのか分からない」と怒られるのである。後悔である。

「人に尽くすまでもなく自分が大切で、己自身が一生懸命生きるために、ただその道を探すだけで精一杯の短い寿命でした」

それは正直な言い分である。腹立だしい懺悔である。期待や憧れ、夢や野心、欲望と愛情。生まれ出た瞬間に備え与えられていた当然の可能性が突然排除され「死」の瞬間に息の幕が下りた。

何故、何故、何故。

理由は何処、何処、何処。

疑問、疑問、疑問。

泣き叫んで訴えても、疑問。

世の中に生きてこれ以上必要とされない人間であったからか、ただ邪魔な存在でしかなかったのか、疑問。

原因は何か、原因は何処か。無念に悶え苦しんでも、原因の何一つも掴めやしない。

しかし、その冷静な結果が「死」の真実である。自然の摂理である。一つの寿命の決定である。

それらの苦悶する炎の魂に人生の過程をそれぞれに配慮して頷いていたのでは、実は神聖な神様の身が持たないのだ。

だから死神が一つの命を選択して、連れて来た瞬間に運命はやはり決定。我慢したつもりの鬱憤が侘しい人間として神様に決定。淋しい運命に怒った故に決定。自分が可愛くて仕方がなかった甘えに決定。

土壺のど真ん中、寿命の長さは生まれた理由も死する訳もなく、この世のすべての動物はパズルの一片でしかない、遊ばれ人。瞬間に幸運にも人間の形に魂を授けられた、「時のモザイク」なのだ。

それは始めも終わりもない。何も存在がない。時が選んだ人間としての使命の「空間」にすぎないのだ。

だらだらと錯覚してこれ以上、生に未練を残すな、横着だと、そしてそこで天地が騒ぐ。

もう充分、人間で遊んだではないか、と松雄の頭を叩きながら天地が怒る。欲望と孤独の怖さがわかっただろう、と天地が苦笑いする。愛情たっぷり、子供も女も充分抱いたであろう。涙もほどほど、笑顔もにんまり、たくさんの人間に出会えて感謝せよ、と天地が促す。

そして、諦めるが勝ち、と天地が誇る。

可能性は「命」に与えられた一瞬の贈り物ではなく、「魂」が「人間」という道具を選んで冒険した悲しい夢物語にすぎない。

白いテーブルクロス2

今、冴子の前には現実に存在する、伸子の顔が一つある。

こうしてテーブルを挟み、生きて話せる確かな人間の温度がある。

夫の死を覚悟して乗り越えた、霊を慰める自己の顔もまた、一つそこにある。

「伸子さん、色々なことがこの世の中にはあるものですねぇ。人景色なのか、物景色なのか、実体は別として本当に不思議と奇妙に考えさせられることがあります」

「そうね、だけどあんまり神経を遣いすぎるのはよくないわよ。何でもほどほどが一番いい。そうでなければ疲れてしまうわ」

単純明快な答えが返ってくる。

その答えを聞いて、伸子には冴子の死に対する幻想の世界が見透かされているのかなと再び思った。

何故なら松雄が亡くなった後、伸子が仏様にお経を読み、あの世の世界を慰め、冴子という人間を救ってくれたからである。

伸子はお寺の尼さんでもなく、宗教に凝り固まって説法するほど大袈裟で特別な人物ではなかったが、慎ましやかに霊界を見定めて、ゆるやかに納得を促せる不思議な自然の能力を備えていた。

それは、あの世とこの世の連絡場所、通過点に位置した人、冴子の肌から何かを感じ取った鋭い霊能者にちがいなかった。それが、俗にいう千里眼というものであったのかもしれない。

そして、その霊力のおかげで、冴子は「自殺」の二文字から解放されたのである。

怪奇現象

松雄が亡くなって初七日をすぎた頃から、冴子の周りでは怪奇な現象が次から次へと起こった。もう今となっては三年前の過去の不思議な経験である。しかし、思い出せば非常で理解しえない妄想の世界に怯える恐怖が、今にも襲いかかってきそうである。

気候の良い五月の季節であるというのに、ある日仕事から帰ってみると、入れる必要のない暖房のスイッチが不可解にも入っている。

また、お経を読んだ後のローソクの火を消さずにお風呂に入り出てみると、しっかり立っていたはずのローソクが一本倒れて小火を出しかける。

そして、仕事場では窓に向かって確かに歩いてきた二本の足がいつの間にか何処かで消え入り、目が途方に暮れる。

それぞれの出来事が冴子の勘違いと思って否定してはみても、現実は松雄が未だに生きていて意思表示をしているのだ、と感じ取ると被害妄想のノイローゼになるのに時間はかからなかった。

ある日のこと、転寝《ごろね》をしていて起きる時間を気にしながら朦朧《もうろう》としていると、足の裏を指でこそこそと撫でる感触がある。ふと起き上がってみると、約束の三時である。「ああ、松雄が心配して起こしてくれたのだ」と、その時も冴子は恐怖を覚えると共に、直感した。

そして、四十九日の当日になって、松雄の声にならない底知れぬ願望をとうとう冴子は知らされることになった。

死体になった肉体が焼かれて苦しむ様が、まるで自分の体と一体化してどうしようもなく居た堪れないのである。

頭蓋骨に長い舌、濡れた唇に景色を見た眼球、欲望の睾丸に丸い尻、肉体の完成品が火にあぶられて爛れていく様が地獄の罪となって再び松雄を通して冴子に伝わってきたのだ。

涙が溢れ、咽喉が渇き、言葉の表現の神秘さで何とか形にして訴えたいと願っても、言い尽くせぬ非常さが邪魔をする。言葉を撒き散らして考えても、たどり着く文字がない。気だるい闇が複雑に空回りし、多種多様な形相《ぎょうそう》が変化して、無念の松雄の死を想像させる。

「ここにいるぞ、俺はここにいるぞ」

松雄の魂が冴子を呼ぶ。

顔色は瞬く間に青褪めて目眩や吐き気を伴い、霊気が体全体を囲んで震撼させる。まるで手を伸ばせば肉体が浮いて、苦しまずに簡単に死ねるぞと、門を開き背中を一気に押してくるようである。

準備は万端、いつでもどうぞ、と死神の手招きが見えてくる。

悪魔が囁く、「早く来い」と。

疲労は神経を高ぶらせ、生きるよりは楽と冴子を説得する。

結局、松雄は自分が死んだ決定的な現実を理解できてはおらず、居場所を求めてあの世にまだ安住できていないのかもしれない。

そして、声なき姿は霊気を支配し、波長の合う敏感な冴子の魂にのしかかって誘惑をし続ける。

冴子はその時、森の中に逃げ込んだ幼いウサギとなり、狼に変身した松雄はただ牙をむいて必死に獲物を追いかける一匹の狩人となる。狼は腹の飢えと本能を怯えたウサギの肉で癒し、そして満足してやっと眠る時間を約束させられる。

一時間眠って、一日眠って、一年眠って、とうとう一生眠って、そして果てる。冴子は錯覚して恐ろしい想像の物語を見てしまう自分の心を、何とか人間界に帰り着かせようとする。潜在意識の不安が呼び寄せたのか、それとも第六感が緊張のあまり方向を大きく間違えてしまったのか。

そして、狂って、唸って、大きく吠える。

人間の声、ウサギの声、闇の声、空中の声、情の声、迷いの声、とうとうそれらの気が集まって竜巻となり、それでも冴子の命を餌食に差し出そうとする。

考えてみれば、一緒に夜を貪って愛欲に励んだ肌が、今はそこにない。一緒に酒を飲んで笑顔で楽しんだ会話が、そこにはない。一緒に興奮して、喜怒哀楽を共有した命が、そこにはない。

すべては終わってしまった思い出の残酷さだけが、過去の忘れ物として蹴り落とされているだけである。

果たして一人生き残った冴子は罪人か。

悲願に打ちひしがれて身を投げ出しても、冴子が人間である限り卑怯者か。息をしてこの世に存在しているだけで、非情な裏切り者か。松雄を愛している証明は、やはり冴子が後追い自殺をしなければ目的は達せられないのか。そしてとうとう神経が衰弱して、「死」が激励をして口づけようとする。

全身の赤い血が黄色に変色して回れば回るほど、黒く汚れて醜くなる気がする。体が重く、心臓の鼓動が空しく大きく聞こえてくる。

しかし、松雄のあたたかい笑顔を不意に思い浮かべると、いや、決してそうではない、という熱い思いが蘇ってもくる。

松雄は自分の分まで後悔しないように生きろ、と愛情の声で見守ってくれているはずだ。きっと、そうにちがいない。

松雄は死んだばかりだから、あの世の道に迷って困っているだけで、決して私を誘惑しに来ているのではない。

冴子は何度も何度も繰り返し、肯定と否定、否定と肯定の間を駆け巡り、きっと私を心配して松雄は様子を窺って見に来ているだけだ、と念じて唱えた。

そんな自問自答の衰弱の時期に伸子の存在が大きく閃いて思い出されたのである。地獄に仏とはこういうことを意味するのかと、その瞬間に冴子はあたたかい光を見た気がした。

そして、すぐに伸子に連絡を取り、松雄が亡くなってからの経緯を話し、冴子自身が不安で仕方がない今の心情を伝えて、再会の日を約束した。

仲子は何年も逢っていない冴子の不意の電話に最初は驚いていたが、切羽詰った冴子の現状を汲み取ってすぐに逢う時間を予定に入れてくれた。

仲子は数珠《じゅず》とお供えのお花を持って松雄の元へと急いでやって来た。

「冴子さん、ご無沙汰しています。この度は大変な目に遭われたわね、ご愁傷様です。だけどそんなに疲れた顔をしていたのでは、ご主人様が心配なさって安心してあの世にいけないわよ」

結論が先に飛び出て、答えがすでに説明もなくあっさりとその場に提示された。

そして、表通りを歩き始め、目的の冴子のマンションにだんだんと近づいていき、階段を上がりきった時、仲子は一瞬立ち止まった。

「ご主人様がそわそわして、そこまでもう出迎えに来ていらっしゃるわ」

そう何気なくポツリと呟いて、ニッコリと頷いた。

しかし、伸子の顔に少しも不安な翳りはない。部屋の扉を冴子が開ける。

「こんにちは」

伸子の声が部屋中に大きく響く。

まるでその挨拶は、松雄の存在を認めた、伸子の人間としての礼儀のようであった。

「風通しが良くって、お日様の光が入って、とても良いお部屋ね」

空間、全体をゆっくりと見渡しながら静かに言葉が出る。

伸子をこの部屋に招待するのはこれが初めてのことであった。

そして、仏壇のある奥の部屋にさっと足を踏み入れると、お供えとして持って来た一升瓶の日本酒を置き、お饅頭の箱を開け、仏壇の花を差し替えて座布団の上に座った。

遺影の顔に見入って初対面の松雄を確認すると、黙って深く頭を下げた。

そして息をのみ、暫く沈黙をして目を閉じた。

「ご主人のお名前は何とおっしゃるの」

「佐伯松雄です」

「そう、松雄さんというの。この方は前世でも短命で同じ肝硬変で亡くなっている人だわ。……ふんふん、なるほどね」

伸子は宇宙に謎掛け、一つ一つを自分自身で解いているかのように上下に首を振る。魔術師が透明人間と会話をして、テレパシーの交換をしているかのようである。

「何かお肉に関わる仕事をなさっていたの」

「はい、肉屋さんに勤めていましたから、それを解体したり、お好み焼き屋さんで筋肉《すじにく》を使ったりもして、何年かは扱っていたことがあります」

「そう、だから動物の匂いがするのね」

冴子は病気の原因については知らせていたが、松雄の職業に関しては話してはいなかった。

「松雄さんって、とっても大きな声で話される方ね。口が横に広くって、耳元で元気良くがなりたてられるものだから、最初からもうこっちがびっくりさせられてしまうわ」

次から次へと松雄の正体を、そうして伸子は暴いていく。

松雄は酔っぱらって帰宅すると、いつも冴子の耳たぶに唇を押し当てて、無我夢中に話をする癖があった。

夕飯を一人で待たせて悪かったという愛情表現だったのか、それとも夫婦で過ごす夜の時間が短くなったために慌てて一日の出来事を妻に話しておかなければならない夫としての義理を感じていたのか、真意は分からないが、どちらにしても冴子の睡眠を邪魔する騒音にちがいはなかった。

しかし、それは大きな男の甘えん坊が、母親のお乳を欲しがる可愛さに似て、人間の郷愁を感じさせるいとおしさがあった。

そうして淡々と松雄を分析していく伸子は、生前の本人とは身近な存在ではなかったし、勿論松雄という人間のすべてを報告する時間も余裕も冴子にはなかった。

しかし、死人の性格をまるで過去では友人であったかのようにそれから後も伸子は的確に当てていく。

松雄の人生が完成された一冊の本となり、一ページ、一ページ、繙いて読まれていっているようであった。

ある時にはまた、松雄の全体像が一つの箪笥の形となり、順番に引き出しを開け、そこで整理され、次の引き出しを開け、再び整頓され、単純な物体として片付けられていくようでもあった。

春の装いをみれば、淡いロマンに希望を抱き、夏の洒落た軽快な衣服をみれば、野心の高揚に男心の夢を抱く。

秋の洋服を手にとれば、憂いのある優しさに生活の安らぎを喜び、冬の衣装を纏えば、淋しい飢えを蓄える。

すべての季節に景色が存在し、確かな命を重ねて順番に繰り返し生かされてきた事実。

休息のない人の営みを一生一日、明日に向かってただ自分らしく種を蒔き、水を遣り大切に育てる。そうした一人の努力の汗と血の葛藤が、故人を偲ぶ思い出として匂いに残されている。

多種多彩に人間を演じたそれらの衣装が、馴染んだ体温を恋しがっても、今ではもう何処にもその姿は存在しない。無念にぶらさがって欲望の声を失い、ただ底に沈んでいるだけである。

「人間とは哀れな動物でありますね」と、背広が泣いているようである。

「孤独に魂を売った、皮肉な動物でありますね」と、シャツが嘆いているようである。

憎悪丸出し、嫉妬と執着を往来し、望みは「愛」だと自己主張をする。「愚かで空しい動物ですね、人間とは」と、箪笥の箱が切なさに倒れてきそうである。


伸子が慎んだ口調で先を続ける。

「とても元気のある方だったから、短命で終わった現実が悔しくて残念で仕方がないのね。そんな遣り切れない思いに、自分に諦めがついていないのよ。だから、現実に死んでいる自分自身のことが理解できていらっしゃらない」

冴子もその答えに納得する。

「松雄さんの、この法名はお寺さんから授かったものね。別に悪くはないんだけど、この名前だけでは短かすぎてとても可哀相だわ。四十四歳の若さでこの世を去った淋しい魂を思うと、やっぱりこの法名だけでは光が弱すぎて迷ってしまう」

伸子はそうはっきり言い切ると、黒のバッグから自分の経巻を取り出し、颯爽と仏壇に向かった。お線香を焚き、鈴を鳴らし、徐に頭を下げ三つ指をつく。

そして冴子の耳に聞き取れるか聞き取れないかの呟きで長い挨拶を仏様に丁寧にすませた。

「佐伯家先祖代々の皆様方、またこの度亡くなられた佐伯松雄、法名釈松清、どうぞ、どうぞ、これまでお守り下さったことを心から感謝し……」

それは冴子がお寺の住職の背中に見た冷静で距離を置いた他人行儀な形だけ

の儀式ではなかった。そこにはうっとりと人を魅了させる不思議な真心のあたたかさが自然に伝わってくる何かがあった。

上品で透き通る細い声は高いトーンで流れてはいたが、厳粛な言葉の一つ一つはお経を読むというよりかは、深い祈りを感じさせる崇高さがある。

素直に真剣に真っ直ぐに生きてきた伸子の精神力が、声の姿を借りて、霊界に何かの許しを乞うているように映る。

そして、お経は時には涙声になり、時には怒った口調になり、七変万化の波となって現れ、形相を時々に変える。その後ろには、変幻自在の声に数珠を汗一杯の手に握り締め、聞き入っている冴子の必死な姿があった。

冴子は奇妙に変化する伸子の声に躊躇しながらも、松雄の顔を思い浮かべてひたすら成仏への道を祈る。瞼を閉じていても、目の玉がヒクヒクと動いて乱れて、全く落ち着ける状態ではない。人を殺した人間が、裁判官に判決を言い渡される酷な時を待つように、不安と恐怖が重く交錯する。体がゆらゆらと揺れて正座の足が横にずれ、合掌した手は震えて位置が定まらない。

第六感や予知能力、潜在意識や瞑想、お経の響きがそれらの見えない意識を統率して魂を流離《さすら》って旅をしているようである。

そして、長い旅を終えて伸子の手から経巻が離された時、冴子の目は突然生き返った。深い冬眠から覚めたようであった。

三つ指をついて再び仏様への挨拶が長く行われた。冴子の息は軽快で、背中に載っていた般若の面が、破れて退散したようであった。力が抜けて、意識が元に戻り、悪戯《いたずら》な悪魔が「ごめんなさい」と頭を下げて、その場所から立ち去って行く。肌の艶がなまめかしく濡れて色気を復活させ、肉体の温もりが迷い子の神経を引き寄せた。

死する目的と生かされる宿命の狭間の谷に、やっと天使の羽根が美しく舞い戻る。そして、ようやくこの世に戻されたのである。死界の入り口から迷わずに解放されたのである。

「仲子さん、有難うございます。久しぶりで何となく自由になったような、楽な気分です」

冴子が素直に感謝の言葉を吐く。

不思議である。全く不思議である。正体のないやつれた心模様が、突然、拾われて洗い流されたような安堵の感触がある。

大きな役目を慈悲で果たす人間の確たる自信が勝利を獲得し、真の目的は生きることであると冴子の魂に強く書き記した。

仲子の悟りきった冷静な微笑みが、優しく崇高で幻想に満ち溢れている。

文字の必要がない、意味の必要がない、理屈の必要がない、答えのないままの自然の結論が先を見通して観念して納まっている。

「お経を読ませて頂いている間中、ずっと松雄さんは私の横にいらっしゃったわよ。今もここに居られるけれどね……。とにかく百日日《ひゃっかにち》までは魂は迷って場所が決まらないんだから、お経を朝と夕方にしっかりと読んであげて成仏できるように慰めてあげなくっちゃ。そして残念だけれど死んだんだ、という自分の真実を教えてあげなくっちゃ。ほらほら、笑って冴子さんの後ろに今隠れてしまわれたわ」

伸子は松雄の姿を形としてはっきりと確認している。冴子は驚いて辺りを見回す。しかし、気配を感じても冴子には霊の実体を見る能力はない。

「やんちゃで、自己主張が強くって大きな可愛い子供」

伸子はただそう言って見据えた。

やはり松雄は死んだ後、冴子の周りを不安の中で淋しく孤独に生き続けていたのだ。

そして疑心暗鬼だった「死」の世界をあっさりと認め、観念して松雄の存在を「死人」として心に刻み込んだのである。

「本当に助かりました。自分の気がおかしくなっていたのではないかと心配して、生きた心地がしませんでした。朝も昼も夜も、ずっと取り憑かれたみたいで夢遊病の患者みたいでした。今日からは安心してぐっすりと眠ることができます。有難うございました」

冴子はそう言って大きく一つ溜息をついた。

「この世の中には人知の及ばない不思議な現象が色々と起こるものよね。冴子さんが敏感な方だから、気をもらってしまう。まあ、それだけ人間としてお二人の波長があったということね。これからはあんまり深く考えすぎては駄目よ。松雄さんの魂が救われて、成仏できるようただひたすら祈って努めなくっちゃね」

最後に仲子は命令口調で言葉を吐くと、仏壇に供えたお饅頭を下げて、そして冴子と一緒に食べた。

それは冴子の錘《おもり》のない不安定な心模様を、同じ体験者として認める仲子の潔い覚悟に映った。

松雄が仏壇で先に口にした食べ物を二人で同じく食べる。

仏を過去の存在として放りだして突き放すのではなく、敬って慈しむ守り神の存在として扱っていることをそれは示唆している。

饅頭は饅頭というただ一つの食物ではなく、会話のような、また空気のようなものだという理解で唾を飲み込むことがあの世への哀悼に思えた。

「結局、私が死なせてしまったという後悔と自責の念が心に残っているんでしょうね。生きている間にもっと優しくしてやれば良かっただとか、あの時はこうすれば良かった、ああすれば良かったと、そんなふうに女々しく思い返してみると、自分が情けなくて、許せなくて仕方がないんですよ」

饅頭の甘さが口に解けて舌に馴染む。

「誰だって良識のある人はそんなふうに考えてしまうものよ。だけど、結局は亡くなられたのは本人様の寿命でしょ。そこまで責任を感じて自分を責めなくてもいいわよ。冷たいようだけど、それが結果だもの」

伸子はやわらかい饅頭をまるで肉を噛み砕くように丹念に食べている。そして、冴子の話を懺悔のように聞きながら相槌を打つ。

一人で海に帆を上げて流離った小船を岸に戻そうと、冷静な判断が舵を取る。

伸子の眼が使命で光っている。

灯台の明かりに似て一点の迷いもない。

方向は確かである。

喜怒哀楽の感情に振りまわされる感性を卒業している。

その眼は人間の業を知らされている。

その姿は人間から解放され、時間の超越に許されて、魂の旋律を神の声として聞くことが出来る、恵の天使を想像させる。

もしかしたら、この劇は松雄が冴子に伸子を通じて遣わした、命の尊厳を確認するための贈り物だったのかもしれない。

人間は大らかで逞しく愛すべき動物であると諭すために、松雄は「死」の舞台を演じ、冴子と夫婦になり、教訓の一ページに一人の足跡を克明に残したのかもしれない。

人間は醜くて小心者で、奇麗事では済まされない憂鬱と不可解な煩悩をもちながら、欲望の営みを満足する単純でいとおしい動物である。

腹が一杯になれば夜に眠り、朝に目覚めれば働き、食べて得た活力を消耗する。生きがいを見つけほんの少し自分の希望を燃やして、喜び、悲しみ、十人十色であることに目覚めて楽しい仲間を増やす。それで充分である。素朴な時間の流れに従い、自分らしい心に感動して、やがては果てて死ぬ。

そして、繰り返し、繰り返し、頭の中で輪廻転生の文字が回転する。悩んで喘いだ結果はこの言葉に到達するためにあったのかと瞬間に肌で感じ取ると、冴子はやっと肩の荷が下りた気がした。

「これで松雄さんも安心して落ち着かれるわ。これからはしっかりして松雄さんの分まで頑張って生きなくっちゃ駄目よ」

伸子が強く言い聞かせる。

「分かりました。陰気臭くだらだらと愚痴を聞かせてすみませんでした。お蔭で目が覚めました。これからは明るく元気良く、笑って過ごすよう努めます。本当に遠い所をわざわざ来て頂いて有難うございました」

そして二人の会話が不安から安心へと変わって結果を得るためには、五時間という時間を費やしていた。

仲子が慌てて帰る準備をする。しかし、そこでも仲子は仏壇に向かって挨拶をし、再びお経を唱えるために訪れる約束をして優美な笑顔を残して立ち去った。

冴子は前もって心付けとしてお金を封筒に入れ、仲子に手渡す準備をしていたが、それは拒否されて、受け取られることはなかった。

タクシー代にお花代、お饅頭代にお酒代。お金を遣わせ、時間を費やさせ、そのうえ丈夫な心を引き戻してくれた仲子という人間に、その時冴子は感謝の気持ちで胸が一杯になった。

涙が溢れ出てきて、熱い興奮に涙の勢いは止まらなかった。無性に大声で泣きたくて、叫びたくて仕方がない。人間を諦めるべきではない、人間は捨てたものではない、他人同士でも真心が通じる感動があるではないか、人間の有難い姿があるではないか、そう感激すると自分自身を思い切り抱きしめたくなった。

しかし、もう一方で人間の生命に不信を抱き、呪い、喚き、神経を傲慢にも張り詰めて、緊張の糸に負けまいと必死でもがき苦しんだ自分の度量のなさが腹立たしかった。

白いテーブルクロス3

考えれば、それから三年の月日が流れようとしている。

そして、目の前にはいつの間にかこんもりと盛られたチャーハンの色がハーモーニーを奏でて可愛く置かれている。グリーンピースの緑、卵の黄色、人参の赤、焼き豚のピンク。

客への上手なもてなし方が遊び心に富んでいる。その存在を透明なスープと共に口へとゆっくり運ぶ。

松雄が生前によく言った言葉がある。

「人間はお腹が空いていたら碌でもないことしか考えない。だから、食べる。食べては寝て、食べては寝て、安心の意味を知っているのは人間の胃袋だけ。時間の無駄を単純に忘れさせてくれる」

そんな言葉をふと思い出しながら、冴子はニンマリと笑った。

「冴子さん、話は変わるけど、墓石の仕事はどうなっているの」

伸子が心配気に尋ねる。

墓石の仕事とは「チコポット」と名づけた代理墓参り業のことである。

「チコ」は幼い時からの冴子のニックネームであり、「ポット」は壺の意味があり、骨壺を指していた。時間に余裕がない人のために、また遠方でお墓参りが困難な人のために代わってお墓参りを務める代理の仕事である。

「残念ながら全く駄目みたいです」

冴子があっさりと降参を認める。

「新聞や広告誌に掲載しましたし、街の中を走るバスにチコポットの宣伝広告を出したのですが反応はありませんでした。お盆とお彼岸には学生のアルバイトを頼んでビラを配ったり、お寺さんに無理を言ってポスターを貼ってもらったりもして、努力はしたつもりなんですが、どうにも動きがありません。だけど、幸いにも東京の方で一人だけ理解して下さって、有難く仕事を頂いたのですが、それ以上には何の進展もありません」

伸子は神妙な面持ちで事態の報告を聞いている。チコポットの内容を人様の手助けになる誇り高い仕事であると一番に賛同したのは、伸子である。勿論、その仕事を考えついたのは冴子であったが、半年前に始めたばかりなのに、しかしもう最終の判断を出すことは軽率である。

松雄のお墓参りに足を運んだ時、冴子は何かに促されたように代理墓参り業の仕事が頭に閃いたのである。

交通の便が悪く、山の一つに雄大に構えた霊園は、ゆとりのある時間と体力を必然的に必要としていた。車のナンバープレートを見ると神戸や大阪、名古屋や滋賀などが多く、地方から遥々やって来た時間の長さが推測できた。

自分の祖先に対しての約束事として、家族を連れだってお参りをするのは安らいだ光景ではあるのだが、墓石に水を掛け、ローソクに火を点け、お線香を焚くと、すぐに車に乗って足早に去って行ってしまう。和みや敬服、哀悼や感謝の意味が、追われた時間の都合で心の置き場所をなくし、お墓参りはただの義理として行われてしまっている。その行為だけで、充分果たされた行事であったが、そこには物足りない淋しさが残されていた。

本来であればもっとゆっくりと亡くなった過去の人間を敬って語り、近況を報告し、心行くまで納得する道を得て新たな仕切り直しをしたいものである。

しかし、人は皆、それぞれに生活の時間に余裕がなかった。そんな光景を幾度となく見守る冴子が、突然、代理墓参りを脳裏に閃かせたのも、当然の使命であったのかもしれない。

「人様の大事なお墓に他人が足を踏み入れるんだもの、そう簡単に受け入れられるものではないわね。仕事というよりかは奉仕よ。これからは少子化社会になって跡を継ぐ世代がない時代になっていくんだから、きっとお墓を守ってくれる人が必要になってくるわ。誰でもが出来る単純な許された仕事ではない。冴子さんだったから、そういう魂の高い仕事の存在を堂々と世の中に知らせることができたのよ。目にはつきづらいけれど大きく立派な仕事だわ」

伸子はそう言いながら、報われない状況を推測して、社会の冷たい反応という結果を気の毒に思っているようである。

「この仕事をして本当に良い勉強をしました。結果を出すのは早いと思うんですが、だけど人間として少し横着で無神経であったのかもしれないですね。宗教の違いもあれば、しきたりや家族の法則もそれぞれに違う。お寺があれば、そこにはお経を読む住職さんもいる。そんな中で、たとえこの私が真心を持ってお手伝いをするといってチコポットの名を張り上げても、それは差し出がましい余計な自己満足であるのかもしれません。人に崇められるほど私は立派な人間でもないし、良い格好をして息巻いてもすぐに化けの皮が剝がれてしまう、結局ただの一人の人間でしかあり得ませんもの。自己嫌悪に時々陥って、感情の整理整頓が冷静にできない人間なのに、人様の役に立つと自惚れるのは逆に恥さらしで世間を舐めたふざけた存在に思えてくる。ましてやボランティアではなく、お金儲けの手段にしようとするのは、何処か生意気すぎて許されない気がします」

冴子はこの一件に対しては見事に惨敗である。

「だけど、逆に仕事として割り切って選んだのだからいいんじゃない。形として自信を持って働くことこそ、いい加減ではない真面目な心の方針でしょ。まあ、冴子さんの考える悩みの意味も分からないでもないんだけど、焦らずじっくりと進んでいくしかないでしょ」

仲子は相変わらず肯定の意見を前に出す。

「確かに宣伝費として大金が出ていっただろうし、お寺さんに頭を下げて門前払いをされて悔しい思いをしたことは想像がつくんだけど……。現実はマイナスであっても、決して無駄ではないと思うわよ。責任のない言い方で失礼だけど、それが人にはできない目に見えない素晴らしいお金儲けというもの。単に商品という物があって、それを売って利益を上げる単純な取引ではない。また材料を使って美味しい料理を提供するサービスの仕事でもない。形のない自分の心を他人に伝える尊い立派な仕事よ。一人でも理解のある方が冴子さんの働きによってお墓参りの気が済んだと安堵して喜んでくだされば、それはそれで大きな生き甲斐を与えられたということになるんじゃない」

伸子はそんな冴子を友達に持って、誇りに感じているようである。

しかし冴子にはこの不安な戦いである経営の困難さを、憂鬱で見逃がすことはできなかった。チコポットの仕事を正直で素直な商売であると訴えることができるようになるのには、時間の経過の指示に従うほかなかった。

そして、チャーハンの横に飾り付けてあった鳥のから揚げを咽喉に通した後、テーブルの上には最後のデザートのタピオカ入りココナッツミルクが静かに置かれた。

冴子が初めて口にするデザートである。ヨーグルトのようなプリンのような甘く優しい味わいが、女に乙女心を呼び起こさせる。

舌は落ち着いて歯は仰々しく食物を噛み砕く動作を免じられ、滑る感触で満足感を得る。頬がしだいに緩んでくる。女性特有のヒステリーや欲求不満がデザートの存在で和むのも、不思議な女体への贈り物である。

そんなふんわりと心を包むご褒美を楽しみながら、冴子は逆に松雄の骨を食べた直後の感触を、ふと思い出した。

感触

冴子は四十九日には納骨をすませていたが、名残惜しさと松雄を哀れに思う気持ちから、分骨の形で骨の一部を仏壇の中に納めていた。

そして、一周忌の法要が無事に終わった後、冴子は一人でお墓を訪れ、その場で骨をむしゃむしゃと頬張った。軽石を噛んでいるようなごつごつとした感触で舌に砕ける異物の塊は、咽喉を無理に抉じ開け、鈍い勢いながらもずんずんと胃袋に落ちていく。無味無臭の弱りきった骨は形を失いボロボロとなり、砂と砂利を混ぜ合わせた物体として悲しげに残っていた。

それは飲み物がなければ、唾液の力だけで嚥下《えんか》することが不可能なほどごつごつとしていて、ザワザワと得体の知れない群れで存在を希薄に誇示していた。

人間の正体が風化して、淡白にただの物として人生の終わりを告げている。

冴子は鬼畜の面を颯爽と被り、そして、その残された骨を無言で浚った。

ボリボリボリ、ムシャムシャムシャ。

ボリボリボリ、ムシャムシャムシャ。

音は唸り、声を出し、足を出し、手を出して、肉体の脆い実体を哀れな残酷さで物語る。喜怒哀楽の一片の業が形をなくしてとうとう時間に朽ち果てた。

そうして、冴子は松雄の血の髄を涙で飲み込み、懺悔の心で飲み込み、いとおしい思い出のある人間への哀悼でその骨を飲み込んだ。

その行為は非常識で未練がましい無様なものだったかもしれない。気が触れたと非難される馬鹿げた行為だったかもしれない。しかし、冴子には語る訳など何もなかったのである。ただそうしたかっただけである。しかし、敢えて理由を尋ねられれば、松雄と夫婦になり、この世を共に生きた、人間としての冴子の松雄への礼であった。

「これであんたと私は、あの世とこの世に別れても一心同体。安心してお休み。その代わり、頑張って良い仏さんにならんと、私を迎えに来ることはできひんよ。人がどう言おうと、どう叫ぼうと、世界は違っても行く先は一緒。長い間ご苦労様、有難う。じゃあ、これで終わり、本当に有難う」

冴子は覚悟の別れを、そうして松雄に伝えたのである。

心に迷いはなく、その時、吹っ切れて青空を久し振りに両腕で抱いた気がした。土も空も木々も鳥も、すべてが底辺で一定化した命に見えた。

どんどんひゃらら、どんひゃらら。

どんどんひゃらら、どんひゃらら。

心臓の鼓動が太鼓の響きと重なって、その興奮した強いリズムを繰り返し頭に躍らせる。

お墓のあちらこちらから、天狗や河童、蛇や蛙がおとぎの国から現れて、歓迎の笑顔を出しそうである。

天地創造、雄大な天空の輝きが冴子の全身を照らし、自信と喜びを歌っている。

そして、今がある。

ココナッツミルクの淡い舌触りに喜び、感激する、冴子のささやかな感性がある。

しかし、伸子にはその真実を秘密にしていた。それは松雄と冴子の一番大切な二人だけの玉手箱である。

そして多数の意味や課題を含んだ楽しいランチの時間をこうして終え、二人は満足したお腹を抱え、コーヒーを飲む場所を他に探して体を移動させた。

二人の足は特に選んだ訳でもなく、エスカレーターに乗り、ホテルのコーヒーラウンジに腰を落ち着かせた。天井が吹き抜けた空間のおかげで、声と言葉がそれぞれ自由に跳んでいる。淡いグレーの色を基調とした清潔な店内は、ロビーの横に位置していたため視線にゆとりがあった。

ランチを食べたレストランでの秘密めいた会話を続けさせるしっとりとした趣はなかったが、人の出入りを気にさせない雰囲気は待ち合わせ場所として中年層を惹きつける解放感がある。

音楽は流れていなかったが、周囲がガラス張りのせいで人のざわめきが音となっていたため、必要なかった。冬の季節のおかげで、どのテーブルにも自分の色以外にコートの色が横にある。黒や灰色の沈んだ色が多かったが、マフラーは派手なお洒落を気取って、赤や青や緑の明るさを競っている。眼鏡をかけた軽装の中年族の男性が四分の一、ネクタイと背広の紳士が四分の一、和服を着た奥様族が四分の一、そしてその他大勢が四分の一。冴子と伸子はその他大勢に属して、満腹感にコーヒーの苦さを欲しがっている。

そして目的の白いカップが運ばれてくると、砂糖もミルクも入れずに二人ともあたたかさを口にした。

「今日は大変ご馳走になりました。美味しかったです。本当に有難うございました」

まずは食事のお礼を冴子が言葉にする。

「まあ、いいのよ。お安いご用よ。私も久し振りでゆっくりと冴子さんとお話ができて、とっても楽しかったわ。また行きましょうね」

と仲子が愛想よく返す。

「子供がいるとなかなか一人で行動する時間が自由に作れなくってね。だけど不思議でしょ。私が子供を授かるなんて、夢にも想像しなかったんだもの」

仲子は苦笑いをしている。

「人間って未知数の塊ね。こうなればいい、ああなればいいと思って自分では考えて生きているつもりなんだけど、何が急に起こるのかさっぱり分からないもの。また計算どおりにいかないから面白いんだけど」

先を見通す力を持っているはずの自信家の仲子が、自分の人生は知らされずに戸惑っている。たぶん仲子は自分自身は一生独身を通し、子供には恵まれないだろうと信じて生きていたのかもしれない。

しかし、今は幸福な家庭があり、子供という宝を授かっている。その不思議さに触れて冴子は少し滑稽に思い、また伸子の人間らしさに触れた気がして安心をした。

「伸子さんのような冷静な人でも、迷ったり怒ったりする時があるんですか」

即座に質問が出た。

「当たり前よ。転んだり滑ったり、泣いたり笑ったり、もう大変。皆、世の中は公平に出来ているもの。完全な人は何処にもいないんじゃない」

可愛く目を丸めて冴子に訴える。

「だけど、それぞれに生まれた時から運命は決まっているんじゃないんですか」

と堅い質問をする。

「それはそうだけど、運命も努力次第で変わると思うのよ。たとえばここにコップ一杯の水があると仮定する。あと一滴が加われば水は溢れる。運命がコップ一杯なら、あと一滴は努力よ。そうすれば落ちない水もコップから溢れ落ち、そして飲むことができる。そうした積み重ねが運の強い人と弱い人に分かれる拠点だと思うの。運命だといって諦めていても、それが運命なんだから努力以外にはないでしょ」

仲子は次第に厳しい顔つきになって冴子に戦いを挑んでいるかのように見える。

「面白いですね。与えられた運命を変えてその場所にいると、その場所が新しい運命で、また変わったか、変わらないのか、分かっていない道が自分の運命で。そうなると運命はいたちごっこになって、運命だらけの山ですね。つまり幸福とは、いったい仲子さん、何なんですか」

冴子は真顔で仲子に迫る。しばらく沈黙が続き、そして仲子が口を開いた。

「結局、安心立命という言葉に尽きると思うの。難しいことは考えなくっていい。在るがままの形で、正直に自分らしく、安心して今を生きることができる、その命の有難さを知っていることが幸福の意味よね」

伸子は前かがみに座っていた姿勢を変えて、背中をゆっくり椅子に凭《もた》れかけさせた。まさか大袈裟に運命の話を持ち出して、伸子を困らせるつもりではなかった。脂っこい中華料理を食べたせいで、舌が勝手に動いた訳でもない。ただ会話に夢中になった末の言葉の勢いであった。冴子は「安心立命」と呟いて暫く口を閉じた。

今を生きる。そして、その今を与えてくれる命に安心する。素朴、簡素、純真、素直、正義、正直――。そんな清潔な言葉が飾りなく頭に回って輪を描く。そして四十二年間の毒気に晒された、醜い自分の姿を放り出す。貪欲、嫉妬、感傷、我儘、強欲、欺瞞――。今まで許されてきた自己中心的な世界が一気に崩壊する。

「冴子さん、あんまり完全に物事を考え過ぎては駄目よ。すべてはなるようになる、ケ・セラ・セラよ。真面目な性格の人だから仕方ないけれど、何に対してもほどほどが一番いい。正直者は嫌われる。ぼちぼちゆっくりと慌てず笑いながら、毎日を暮らしていく。何といってもやっぱり健康が一番ね。死ねば、この世に存在がなくなるんだもの。いくらあの世に世界があるといっても、この世はこの世。生きているから価値がある。生きているから存在があるんだものね」

伸子は冴子よりずっと神経が過敏でデリケートにちがいなかった。しかし、生かされている使命に確実に信念をもっている。嫌味なく図々しく大胆でユーモラスに、世の中の動きを悟っている。やはり冴子は伸子という人間には降参である。

「変なところで神経質なものだから困ってしまいます。性格なんでしょうね。融通が利かないんですよ。頑固で見栄っ張りで、自分でも腹立たしさを感じます。だけど、これからはドンと構えて逞しく生きていきます。人生は一度きり、楽しく笑って、笑顔で暮らさなきゃ、罰が当たります。松雄の分まで生きなくっちゃ、怒られてしまいます。本当に今日はご馳走になり、またいい話を聞かせてもらいました。有難うございました」

冴子は、その場に立って丁寧にお辞儀をした。そして、二人は席を立った。次回に会う日をどちらからも言葉に出して約束はしなかったが、それでも今日の別れには充分な価値があった。

京都駅に再び入り、別々のホームへと、それぞれの足が向かう。三角の顔、四角の顔、丸い顔、長い顔、それらの顔が知らん顔をして、物体として同じ時間に歩いている。時の流れを認識する目的が様々に動き、息の合唱が縺れて、一つの場所に絡まって存在している。

空気は冬の季節に堅く納まって沈んでいたが、人の波は幾つもの使命にぶら下がって忙しく往来する。何十もの奇妙な足音がコンクリートの上に響き、その余韻が様々に孤立する。軽快な息の集団である。

その中で冴子の足音はどうやら人間臭い道から外れて、宙に浮いているようであり、ましてや伸子の足音は正体を忍ばせて、現実の世界から離脱した透明感がある。

そして、二人にはそれぞれに帰る場所が確かに用意されてある。心が穏やかで、しみじみとした温度がある。来る人、去る人、すべての人が同じ空気に人間として存在していることが、いじらしくいとおしく見える。眺めは他人行儀に決定するのではなく、同じように選ばれて許されてこの地にある。老若男女問わずして、平等に「生」がある。心に白けた「死」という恐怖を抱きながら、また慄き、欲望の残り火を孤独に生きる法則に従う人間の確かな存在がある。

冴子はゆっくりと歩きながら一つの息を吸う。苦手だった冬の冷たい空気が、何故か心に沁みて優しい子守唄を唄っているようである。

「おしくらまんじゅう　押されて泣くな、　おしくらまんじゅう　押されて泣くな」

仲子に会う前には追いかけっこをしていた焦りのリズムが、帰り際にはいつの間にか強い鎮魂歌に聞こえてくる。

そして、冴子は密かに運命への感謝を思う。それは冴子が生まれ出た瞬間に今日の食卓が、最初から決定され、用意されていたことを――。

松雄という人間と夫婦になり、そして死を迎え別々の世界に生き、仲子と出会い、二人の人間に今日という食卓がこの時に、この場所に用意されていた運命に――。

〔完〕

著者プロフィール
写楽　恵（しゃらく けい）
1956年９月13日、京都府に生まれる。
京都市立西京商業高等学校卒業。
現在、代理墓参り業、経営。

用意されていた食卓

2003年4月15日　初版第１刷発行

著　者　写楽 恵
発行者　瓜谷 綱延
発行所　株式会社文芸社
〒160-0022　東京都新宿区新宿１－10－１
電話　03-5369-3060（編集）
03-5369-2299（販売）
振替　00190-8-728265

印刷所　図書印刷株式会社

ISBN4-8355-5120-6 C0093